PIERRE GAUTHIEZ

AU SOLEIL
DE
VERSAILLES

VERSAILLES
L. BERNARD, LIBRAIRE-ÉDITEUR
17, RUE HOCHE, 17
1910

Picart-Gauthier.

POÉSIE — LES VOIX ERRANTES — 1885.
   —   — LES HERBES FOLLES — 1892.
   —   — DEUX POÈMES — 1894.
   —   — ISLE-DE-FRANCE — Banlieue — Paris — 1901.

Études d'Art et d'Histoire.

PROSE — P.-P. PRUD'HON — 1885.
   —   — RABELAIS, MONTAIGNE, CALVIN — Études
         sur le XVIe Siècle — 1893.
   —   — HANS HOLBEIN — 1907.

L'Italie du XVIe siècle.

I. L'ARÉTIN — 1896.
II. JEAN DES BANDES NOIRES — 1901.
III. LORENZACCIO — 1904.
IV. BERNARDINO LUINI — 1906.
     MILAN, ville d'art — 1905.

ROMAN — LA DANAÉ — 1887.
   —   — L'AGE INCERTAIN — 1898.
   —   — OMBRES D'AMOUR — 1899.
   —   — LA DAME DU LAC — 1900.
   —   — AMOURS FACTICES — 1902.

Essais de biographie synthétique.

I. DANTE — ESSAI SUR SA VIE D'APRÈS L'ŒUVRE ET LES
     DOCUMENTS — 1908.

AU SOLEIL

DE

VERSAILLES

IL A ÉTÉ TIRÉ DE CET OUVRAGE

35o exemplaires numérotés

————

COMPOSITION DE RAYMOND CHARMAISON.

PIERRE-GAUTHIEZ

AU SOLEIL

DE

VERSAILLES

VERSAILLES

L. BERNARD, LIBRAIRE-ÉDITEUR

17, RUE HOCHE, 17

1910

TABLE

I. *Le Parterre d'Eau*   1

II. *La flûte des crapauds.*   5

III. *Le bain de Diane. Allée d'Eau*   7

IV. *Au Bosquet de la Reine.*   9

V. *Jardin du Roy*   13

VI. *L'allée d'Eau, ou des Marmousets.*   17

VII. *Les deux vases de marbre, au Jardin du Roy*   19

VIII. *Au Musée de Versailles*   21

IX. *Nuit sur le Parc.*   23

X. *Le char d'Apollon.*   25

XI. *Le bassin du Trèfle*   27

XII. *La chapelle déserte, au Petit-Trianon.* . .   31

XIII. *Avril, à Trianon*   33

XIV. *Au mois de Juin*   35

XV. *"Le Poème héroïque", au Parterre du Nord*   37

XVI. *Le bassin noir, à Trianon-sous-bois.* . . .   39

XVII. . . . . . . *FRONTON*   41

Le Parterre d'eau

Les plus belles filles de France,
Près des bassins couleur de ciel
Où le jet d'eau parfois s'élance
Comme un flot d'Amour irréel,

Les filles de notre Patrie,
Aux seins fermes, aux beaux genoux.
Boivent la lumière fleurie
Sur leur corps ondoyant et doux :

Et ce sont toutes les rivières,
Toutes les ondes du pays
Qui profilent leurs formes fières
Aux miroirs créés pour Louis ;

Toutes les nymphes du Royaume
Épanchent leurs urnes vers lui,
Et cherchent le royal fantôme
Dont elles abreuvaient l'ennui :

Lorsque, vers le soir de son règne,
Par l'automne, ou l'hiver pensif,
Errant sous la clarté qui baigne
L'Orangerie et le massif,

Louis, sur le gravier sonore,
Chancelant, dégradé, perclus,
Fermant ses yeux qu'attriste encore
Le deuil des jours qui ne sont plus,

Marchait sur la haute terrasse,
Se traînait à pas mesurés
Et laissait son pied qui se glace
Peser dans le sable doré,

Aux rayons dardant sur le bronze
Le roi, sans or et sans plumet,
Bien plus semblable à Louis Onze
Qu'au vainqueur dont l'éclat charmait,

Le roi sentait ses doigts de pierre
Se réchauffer au métal clair,
Le feu renaître en sa paupière,
Et le sang revivre en sa chair.

Il revoyait les larges fêtes;
Sur son front, jeune et triomphal,
S'effaçait la nuit des défaites,
Et c'était Nimègue, ou Marsal,

C'était Fontange ou La Vallière,
Fraîches, douces comme leur nom,
Chair d'amour et chair de lumière,
Au lieu du spectre Maintenon;

C'était le carrousel épique
Où l'on joute en habits dorés,
La moisson joyeuse des piques,
L'étendard aux plis empourprés.

Le beau métal sous la lumière
Brûlait, rayonnant et vermeil,
Comme si la Patrie entière
S'offrait encore au Roi-Soleil;

Pour raviver dans ses entrailles
La grande flamme d'autrefois,
Les belles Nymphes de Versailles
Ressuscitaient le Roi des rois,

Et triomphant du Temps qui cède,
Pour chasser l'ombre du Présent,
Berçaient sur leurs mamelles tièdes
Ce Roi-Soleil agonisant !

La flûte des crapauds

La flûte des crapauds tinte dans l'air paisible,
Sous les buis, sous les ifs, sous les rosiers fluets;
Le soir couvre le parc de son ombre insensible,
Le crépuscule mauve erre aux bassins muets.

Cette voix de cristal, frêle et mystérieuse,
Dans ce jardin royal où brillèrent leurs jours
C'est le chant des seigneurs aux mines glorieuses,
Des beaux seigneurs d'antan, qui pleurent leurs amours :

On les écoute ainsi, d'une voix faible et tendre,
Échanger par trois fois leurs refrains cadencés,
Soupirer les vieux airs qu'il leur plaisait d'entendre
Et les lents menuets qu'ils ont vus et dansés.

Petits princes d'Amour, qui flûtez sous les herbes,
En ouvrant vos yeux d'or aux flammes du couchant,
Vous qui fûtes joyeux, vous qui fûtes superbes,
Le monde se fait rude, et ce siècle est méchant ;

Coulez-vous sous les buis et fuyez sous les branches!
Le poète ne sait ni plaisir ni repos ;
A peine il vient, le soir, dans les lumières blanches,
Unir sa voix discrète aux flûtes des crapauds.

Le bain de Diane. Allée d'Eau

Entrecroisant les jeux des formes nues,
Sur le métal que le temps ronge en vain,
Bien loin des Dieux, les Nymphes sont venues
Fixer leur grâce aux reliefs de l'étain ;

Diane au bain s'ébat et se renverse
Et s'abandonne aux sourires des eaux,
Cette autre ploie au ruisseau qui la berce
En folâtrant sur les vagues roseaux ;

L'œuvre, insensible aux ans qui la dévorent,
De siècle en siècle a pris des tons dorés ;
Les corps divins y semblent vivre encore,
Leur sein est ferme, et leurs reins sont cambrés.

Lorsque le flot, qui s'écoule en cascades,
Vient iriser l'Immortelle et sa cour,
Il fait briller Diane et les Dryades
Sous ce rideau que festonne le jour.

L'eau resplendit, et la chair douce et blonde,
Chair de métal, qui semble un corps vivant,
Paraît frémir dans les prismes de l'onde
Qui se disperse aux caprices du vent;

Et l'on verrait s'émouvoir les déesses,
Sur l'ombre pâle où le jet vient briser,
Et leur beau corps se tendre à la caresse,
Comme au frôlis langoureux d'un baiser!

Au Bosquet de la Reine

Sous les clairs tulipiers, fleuris de roses glauques,
Au Bosquet de la Reine, un grand buste est posé;
Les ramiers versent leurs sanglots profonds et rauques,
Et ce buste de marbre est là, pâle et rosé.

Un pli voluptueux courbe sa chevelure;
Femme? éphèbe? ange? enfant? Nulle forme n'instruit
De quel sexe est cet être à l'ardente figure;
Mais son épaule est douce et lisse comme un fruit,

Mais l'ambre de son col, et l'arche de ses lèvres,
La courbe de sa joue et sa nuque au beau pli
Révèlent ces pensers et décèlent ces fièvres
Qu'il inspira jadis aux siècles amollis;

3

Mignons du Cardinal, ou filles de la Reine,
Pages aux doigts musqués, princes italiens,
Combien d'yeux, combien de désirs, combien de peines
Ont effleuré ce marbre et maudit ses liens !

« Pourquoi, murmuraient-ils par les moites soirées,
Pourquoi paraître ainsi, sans nous montrer ton corps,
Toi qu'on emporterait sur les vagues moirées
Des lourds canaux, où vient mourir la voix des cors? »

Et, les uns le voyant femme, et les autres Faune,
Déesse ou dieu, nymphe ou berger, et tour à tour
Le long du piédestal, aux rais du soleil jaune,
Venant pâlir de joie et sangloter d'amour,

Oh! comme ils se glissaient, les courtisans étranges,
Noirs chevaliers lorrains, dames à Montespan,
Sous les perruques d'or ou les hautes fontanges,
A travers les taillis où frôlait l'Ægipan !

C'est qu'ils ne voyaient point, hors du bosquet splendide,
Dans un bassin d'eau brune aux lents frissons flétris,
Indolent, sur l'eau frêle où le couchant se ride,
Au milieu des raisins et des pampres mûris,

Découvrant son corps souple et son flanc qui s'étire,
    Sa chair adolescente aux contours imprécis,
    Un Bacchus androgyne, au faunesque sourire,
    Qu'aurait idolâtré Léonard de Vinci.

Jardin du Roy

Point de fleurs au vieux Parc : les herbes et les mousses
Ont envahi la terre où ce songe a vécu ;
Les dômes des tilleuls croisent leurs ombres douces
Sur la place endormie aux pieds du Temps vaincu.

Les arbres du vieux Parc montent comme des cierges,
Et nulle fleur ne pousse à leur ombrage altier.
Seule, dans les sous-bois, « l'épingle de la Vierge »
Frissonne sous l'air tiède, et foisonne au sentier.

Aux heures de l'été, de ses rayons obliques,
Le soleil plonge à peine en quelque pli des bois ;
A peine il y répand ses floraisons magiques,
Quand déjà les crapauds flûtent leur douce voix ;

Et, dans la place où le soleil a mis ses orbes,
Auprès de la mélisse aux lèvres de carmin
Monte la dentelure étrange des euphorbes,
Et ces herbes sans nom qui couvrent tout chemin.

Mais il est un asile, entre les taillis moites
Où l'on a fait grandir les hautes fleurs d'été;
Pour dresser dans l'azur leurs tiges toutes droites,
C'est le Jardin du Roy qu'on a fait et planté :

Les grandes fleurs d'été que la lumière enivre
Dans le Jardin du Roy frémiront au jour clair,
Elles nous verseront la volupté de vivre,
Avec tous leurs parfums, avec toute leur chair !

Le matin, quand la brume est encore aux clairières,
Telles que l'épousée aux premiers jours divins,
Elles embaumeront ces brises buissonnières
Que soufflent, sur le Parc, les bois et les ravins ;

Sous les brouillards d'encens que Vesper évapore
Quand les perles du soir s'égrènent sur le ciel,
Elles exhaleront, plus frémissante encore,
Cette haleine de joie où se goûte le miel ;

Les iris, dont le cœur languit et se parfume
Comme un songe d'amour sans trêve irrespiré,
Dépliant leur corolle à l'averse qui fume,
Brûleront de désir sous le printemps nacré ;

Le chèvrefeuille errant, la molle clématite,
Les lys d'ivoire, et ceux de pourpre et de vermeil,
Avec l'héliotrope où le bourdon palpite
Déploîront sur la terre un orfroi sans pareil ;

Et, triomphant parmi les corolles décloses,
Reines par les parfums, reines par la splendeur,
Éclatera partout la victoire des roses,
Lorsque le soleil règne en sa plus forte ardeur ;

୨ᢈୡ

Mais sur l'horizon bleu de ce jardin superbe,
A quelques pas, la cime ondoyante des bois
Abrite encor la foule innombrable des herbes ;
La forêt recommence, à l'ombre que tu vois,

Et que l'Homme, un seul jour, laisse les fleurs ardentes,
Tu sentiras le Bois s'avancer et grandir,
Et la Forêt sauvage, aux sèves bouillonnantes,
Étreindra ce jardin, pour le reconquérir !

L'Allée d'eau, ou des Marmousets

Des enfants nus, debout sous l'onde qui les masque,
Semblent suivre le flot qui s'effrange aux bassins;
Le voile de cristal drape autour de leurs seins
Un miroir de lumière où s'épanche la vasque;

Sous cette chevelure étrange qui les casque,
Le soleil vient parfois emmêler ses dessins
Et paraît dans ses jeux entraîner les essaims
De ces enfants, si beaux par leur ronde fantasque;

Les beaux enfants, pareils aux Dauphins d'autrefois,
Entrelaçant leurs corps, entre-croisant leurs doigts!
Dans leur forme indécise éclôt l'adolescence;

Tandis que leur beauté m'enchante à chaque pas,
Les doux petits enfants, les enfançons de France,
Je sais qu'ils sont de bronze, et ne parleront pas !

Les deux vases de marbre, au Jardin du Roy

Deux grands vases de marbre, au détour des allées,
Sont plantés à l'écart, dans le Jardin du Roy ;
Un cercle de rosiers cerne leur socle étroit :
L'un montre une épousaille, et des femmes voilées ;

De fiers adolescents aux formes bien musclées
Se profilent sur l'autre, où Priape se voit
Auprès du vieux Silène errant en désarroi,
Sous le soleil qui joue aux mousses étoilées.

Des têtes de lions gardent le piédestal,
Et les arbres leur font un dôme triomphal
Formé d'ombre ondoyante et d'épines décloses

On les a posés là, si purs dans leur pâleur,
Pour unir la beauté des marbres et des roses,
Et mêler l'Art divin au mystère des fleurs.

Au Musée de Versailles

Un reflet d'héroïsme emplit les salles sombres ;
On n'y voit que canons, cavaliers et drapeaux,
Refoulant l'ennemi, combattant sans repos,
Les grands soldats, vainqueurs de la force et du nombre.

Cuirassés et casqués, les uns chargent dans l'ombre,
D'autres à la blessure offrent gaîment leurs peaux,
Suivent par l'univers l'homme au petit chapeau
Ou prennent Constantine à travers les décombres.

Honneur à ces Français, dont l'étendard flotta
Des vallons de Crimée aux champs de Magenta !
Notre cœur de vaincus tressaille à cette gloire,

Et notre bouche, hélas! murmure tristement :
« Voir, avant de mourir, une seule victoire! »
En sortant de la salle, — auprès d'un Allemand !

Nuit sur le Parc

Le tapis nuptial du jour s'en va sur l'onde,
Il se reploie et roule et se referme aux cieux;
Somptueux comme un rêve, en sa pourpre profonde,
Il semble disparaître aux bois silencieux.

Tous les dieux vont revivre, à la fraîcheur nocturne :
Leur forme se réveille aux bosquets engourdis,
Pan relève sa flûte, et Pomone et Saturne
Ne sentent plus peser la torpeur des midis.

Les dieux vont rester seuls; voici que la nuit tombe!
Ils goûtent longuement l'heure exquise du soir;
Le crépuscule étend ses ailes de colombe,
Et la Nymphe se penche aux marges des miroirs;

Un léger croissant clair sur les bassins d'eau morte
Semble un fil d'or laissé dans un champ de bluets ;
Une vapeur s'envole au souffle qui l'emporte :
La lune va régner sur les bassins muets....

Le char d'Apollon

Apollon, dans son char, et la main sur les rênes,
Apparaît, parmi le poudroîment du soleil.
Les quatre coursiers d'or marchent d'un train pareil,
Couplés en double front sous le mors qu'ils entraînent.

Le flot semble s'ouvrir au choc de leur poitrail
Et résister à peine à leur force captive.
La splendeur de l'Été met un ardent vitrail
Au rang des longs tilleuls, qui forment perspective.

Les tilleuls, profilant leur ombreuse épaisseur,
S'écartent sur l'éclat de cette œuvre superbe ;
Au terme du chemin qui mène au char vainqueur
Paraît le fond doré de la vasque et de l'herbe.

5

Le triomphe du dieu, le geste souverain
Dont il guide à jamais la quadruple volée,
Comblent l'horizon clair; et la profonde allée
Forme un cadre immortel au quadrige d'airain.

Le bassin du Trèfle

Un parfum de foin mûr et de sauges fleuries,
Un grand bassin d'eau verte enclos dans les prairies,
Embaumé de rosiers, d'iris et de sureau, —
Et son nom fait penser aux Contes de Perrault :

Il est vert comme un lac, vert comme une fontaine,
Vert comme une émeraude ou comme un raisin clair ;
On y voit frissonner la caresse de l'air,
Et l'hirondelle y trempe une plume incertaine,

Doutant si c'est le ciel de montagne, ou des eaux ;
L'algue y pousse, du fond, ses étranges réseaux,
Et des poissons de pourpre, et d'argent, et de jade,
Semblent les épingler aux cheveux des Naïades.

Il flotte entre les fleurs, et leur pollen y dort;
Il a, sur la margelle inégale du bord,
Une lisière étroite, où le serpolet pousse,
Et que festonne au loin la dentelle des mousses.

꿎

Il fut créé, jadis, quand la terre et les cieux
Entremêlaient encor leur songe gracieux,
Quand les hommes charmés entrevoyaient les choses
Dans les enchantements et les métamorphoses.

Aux jours du Fabuliste, où partout les viviers
Reflétaient la lumière aux châteaux printaniers,
Où l'on dansait parmi les Sylves bocagères,
Où les plus grands seigneurs adoraient les bergères :

Sous les blonds orangers Lulli filait sa voix;
La Palatine errait dans Trianon-sous-Bois,
Traînant sur les gazons ses falbalas tudesques;
Boileau même aux jardins semait ses vers burlesques;

Or, devant ce miroir qui reflète le ciel,
Et qui semble un royaume aux maîtres irréels,
Devant cette onde plane, où rien ne vogue et sonne,
Et que n'agite point le Zéphir qui frissonne,

Je songe à ces vieux temps, où l'on vivait joyeux
Sous les parfums des fleurs et la beauté des cieux,
Où la vie était là, comme un bassin d'eau calme;
Et tandis que le cèdre, au fond, montre ses palmes,

Je regrette les parcs finissant en guérets,
La douceur des vergers au milieu des forêts,
Et je veux contempler, sous ses marges qui virent,
Ce grand bassin d'eau pure, où les cèdres se mirent.

La chapelle déserte, au Petit-Trianon

La Reine aima cette chapelle :
L'herbe y descelle les pavés,
Le temps ronge et l'hiver dentelle
Les balustres de fer gravé ;

L'escalier s'effondre et chancelle,
Et la cloche, au battant lavé
Par la gouttière qui ruisselle,
Ne tinte plus pour les *Ave* ;

Et plus une âme ici ne prie,
Hélas, depuis le jour sans nom,
Lorsque, frémissante et meurtrie,

Dans les roulements du canon,
Aux clameurs d'un peuple en furie,
La Reine a quitté Trianon !

COMPOSITION DE RAYMOND CHARMAISON.

Avril, à Trianon

L'hiver fuit. Avril splendide
Brise l'écrin des bourgeons ;
Le souffle du printemps ride
La rivière, sous les joncs.

Un premier rossignol tente
Son refrain sous le ciel bleu,
Et la terre est éclatante,
Et le soleil est en feu.

Regardant vers la lumière
Avec ses yeux d'arc-en-ciel,
Un enfant suit sa chimère,
Candide et surnaturel.

6

Il semble que le jour grise
Cet être ivre de printemps,
Et qu'il parfume la brise
Dans ses lourds cheveux flottants.

Partout frémit l'allégresse
Du renouveau triomphant;
L'air est comme une caresse
Sur le beau petit enfant.

Au mois de Juin

C'est Juin. L'air sent la fleur de fève,
La fleur de vigne, et l'oranger,
Et la nature sort d'un rêve
Quand paraît le matin léger.

Le ciel est plein d'averses, lourdes
Comme des pleurs de volupté,
Et mon pas sur les herbes sourdes
Froisse les senteurs de l'Été.

Le lent parfum des sycomores
Enveloppe les bruns taillis,
Et les bouleaux semblent encore
Dans le clair de lune, qui dore
Leur tige au long satin pâli.

A midi, sous le soleil jaune
La sablonnière resplendit ;
On croit voir les cornes d'un Faune
Briller au marais engourdi.

C'est le mois où la terre entière,
La rude terre au flanc vermeil,
Aime et conçoit, dans la lumière,
Ouverte au baiser du soleil !

Le " Poème héroïque", au Parterre du Nord

Comme il fut glorieux, le Poème héroïque !
Fier, et pareil à l'aigle en son premier essor,
Au cœur de sa cuirasse éclate un soleil d'or,
Et le vent triomphal fait flotter sa tunique.

Le front ceint de lauriers, tel un César antique,
Sa jeunesse rayonne en somptueux transports,
Et sur les marronniers au superbe décor
Son front majestueux brille aux rayons obliques.

Son manteau dégrafé couvre le socle droit ;
Et nous sentons encor ce que sentaient nos pères,
Quand paraissait, parmi les verdures sévères,
Ce Héros magnifique et pareil à leur Roy !

Le bassin noir, à Trianon-sous-Bois

Près du Grand Parc, rongé d'herbe et de mousse,
Un bassin calme, à Trianon-sous-Bois,
Dans la feuillée où le soleil s'émousse,
Ouvre sa vasque aux jardins d'autrefois ;

Les marronniers aux tiges renversées,
De leur image en tapissent le fond,
Et l'on devine, à travers leurs percées,
Un autre ciel, plus sombre et plus profond.

Un long jet pâle y balance une aigrette,
Lorsque le Parc s'éveille aux Grandes Eaux ;
Mais plus souvent l'onde est morte et muette,
On n'y voit point s'abreuver les oiseaux.

Rien ne s'émeut en cette épaisse moire,
Aucun zéphir n'en givre le cristal ;
Elle repose, inviolable et noire,
Dans sa margelle aux couleurs de métal ;

Le jour lui-même y tremble en clair-de-lune :
Cette eau de bronze, aux lents reflets verdis,
Semble à jamais, dans sa profondeur brune,
Ensevelir les soleils de jadis.

FRONTON

Nous avons fui Paris et son ciel de prison,
    Paris poudreux, rauque et stérile :
Car il faut, aux grands cœurs, de larges horizons
    Hors du tombeau de la Grand'Ville !

Nous avons fui, tous deux, aux Palais de l'Été,
    Dans Versailles, calme et splendide :
Il faut à notre amour l'espace illimité,
    L'espace, cher au cœur avide !

Le dégoût peut lasser l'esprit le mieux armé,
A vivre dans la Ville où le mal se devine ;
Et, sentant l'air nouveau te gonfler la poitrine,

Cet hymne de bonheur, ce cri tendre et charmé
Jaillit de ta lèvre divine :
« Après toi, c'est l'Été que j'ai le mieux aimé! »

꧁

Le ciel épanchera ses beautés éternelles,
La Terre aura pour nous ses fruits des jours heureux,
Et tout ce que verront tes splendides prunelles
Sera doux et fertile à ton cœur amoureux.

La nuit se lèvera plus riche de mystère,
Un souffle embaumera l'univers argenté,
Et tes rêves, fleuris par les fleurs des parterres,
Te mèneront toujours aux Palais de l'Été.

꧁

Edelinck et Nanteuil, en estampes austères,
Ont figuré la France aux portraits rigoureux;
Ma France, à moi, survit aux marges des parterres!
C'est la France des fleurs, des marbres et des dieux,
La France au large ciel, où les tilleuls bourdonnent,
La France de l'abeille, et du frelon joyeux,
La France des héros, et des cœurs qui se donnent
A tout ce qui charma leur désir et leurs yeux!

Dieux qui peuplez ce parc, dieux créés par nos maîtres,
Je viens chercher en vous la forme des vrais dieux,
Et, nous autres qui connaissons les Dieux champêtres,
        Vous seuls vous vivez, à nos yeux !

Ah ! combien vous êtes vivants, ô dieux de bronze,
Près des spectres glacés qu'on nomme : les vivants !
Laissons-les se courber devant la main du bonze,
Et disperser leur vie, et courir à tous vents :

Oui, la honte déborde en mon âme profonde,
A vivre dans ce siècle aux senteurs de tombeaux !
Je songe aux Paradis inespérés, aux Mondes
Où nous pourrons aimer tous ceux qui seront beaux !

                        ❧

Si j'ai pu te chanter, miracle de Versailles,
C'est que tu m'as rendu l'ivresse d'être seuls,
C'est que je sens mon cœur qui s'éveille et tressaille
Au premier de mes pas sous tes larges tilleuls !

                        ❧

Par les matins d'Été, quand les herbes sont blanches,
Tendres sous la rosée et douces au troupeau,

Nous prendrons le sentier qui tourne sous les branches,
Nous irons frissonner dans le matin nouveau.

La plaine Saint-Antoine, où les ombres sont bleues,
Voit sur ses blés joyeux s'épandre Messidor,
Les vagues des foins mûrs déferlent, et des lieues
Ne bornent point ces bois où nous vivrons encor :

Grands bois, où j'égarais ma jeunesse enivrée,
Lorsque le chèvrefeuille à mes cheveux flottants
Versait l'enchantement de cette nuit dorée,
— Quand je croyais avoir à tout jamais vingt ans !

Mes vers seront pareils au ciel d'Isle-de-France
Où l'ombre et le soleil paraissent tour a tour,
Ils peuvent refléter la joie ou la souffrance
Et s'embellir encor de douleur et d'amour ;

Mais c'est la flamme ancienne, et la ferveur première,
Qu'il faudrait posséder à l'âge triomphant !
Qui nous rendra jamais l'ardeur de ta lumière,
Soleil qui rayonnais à nos regards d'enfant ?

Prêtez-moi votre asile, arbres de ma jeunesse,
Arbres de mes vingt ans, prêtez-moi vos rameaux !

Que mon cœur printanier se ranime et renaisse,
Après tant de labeur, de victoire et de maux!

Pareil au combattant, qui voit ses fortes armes
Étinceler encore aux splendeurs du soleil,
Mais, les yeux empourprés par l'effort et les larmes,
Sait, aussi, de quel sang son panache est vermeil,

Oh! s'il découvre, alors, sous les âpres lumières,
Cet asile sacré, qu'il aimait autrefois,
Comme il va s'élancer vers les sources premières,
Et laver sa blessure aux fontaines des bois!

ʚ৯ɞ

Et, je songe au vieux Parc où vécut mon enfance :
        Dans un beau parc d'Isle-de-France
        Constellé par le grand soleil,
        Ivre d'aurore et d'espérance,
        J'ai coulé mon printemps vermeil;

Avec le chèvrefeuille aux haleines mystiques,
Avec la capucine et les pois de senteur,
Entre ses vieux pavés festonnés d'hépatiques,
L'humble maison riait sous sa fenêtre en fleur....

Comme à mes premiers jours, je l'admire et je l'aime !
Rien qu'à fermer les yeux, je le respire encor,
Et je verrai trembler, dans mon sommeil suprême,
Les arbres d'un vieux Parc, où meurt le soleil d'or !

La gloire de l'Été règne sur les parterres,
Parmi les dahlias et les roses-trémières
Les tournesols pâmés boivent le dur soleil,
Et l'air sent la verveine et les œillets vermeils.

Voici venir l'automne, avec ses harmonies,
La lune caressant la campagne endormie ;
Le silence des nuits, au mystère des jours
Met un enchantement d'anciennes amours :

Le clair de lune
Dort sur Neptune,
Limpide et bleu.

Son frais mystère
Calme la Terre
Ivre de feu.

Sœur molle et blanche,
De branche en branche,
D'un lent baiser,

Elle caresse
L'ombre en ivresse,
Pour l'apaiser....

Nous avons respiré la douceur de l'Automne :
Ne fuyons point l'hiver, qui va neiger sur nous,
Mais gardons en nos cœurs la flamme qui frissonne !
Que les soleils d'Été soient immortels pour nous !

Au bout du Grand Canal, qui touche à la prairie,
Le Palais se profile au ciel profond du soir,
Et le soleil couchant frappe la Galerie :
Il l'illumine encore, après que tout est noir ;

Le sépulcre de marbre, où la Royauté plonge
Embaumée à jamais au linceul triomphal,
Garde cette clarté qui semble en faire un songe,
Comme si le Soleil était son piédestal ;

Heure majestueuse, où sous le ciel de flamme
On voit dans son Palais rentrer le Roi-Soleil!
Que ce rayon pénètre et survive en notre âme!
Conservons notre cœur à tout jamais pareil!

Recevons le soleil de ce Palais limpide
Dans l'asile éclatant de nos cœurs emportés!
Aimons uniquement la Flamme et la Beauté,
Restons l'Été, calme et splendide!

PARIS. — IMP. LAHURE.